Pour Valentine de Bruxelles
et Émile de Mexico

11, rue de Sèvres, Paris 6e
Loi n° 49.956 du 16 juillet 1949 sur les publications
destinées à la jeunesse : février 2021
Dépôt légal : février 2021
Imprimé en France par Estimprim à Autechaux
ISBN 978-2-211-30374-3

Aurore Callias

Rainette et Triton

Mouche
l'école des loisirs

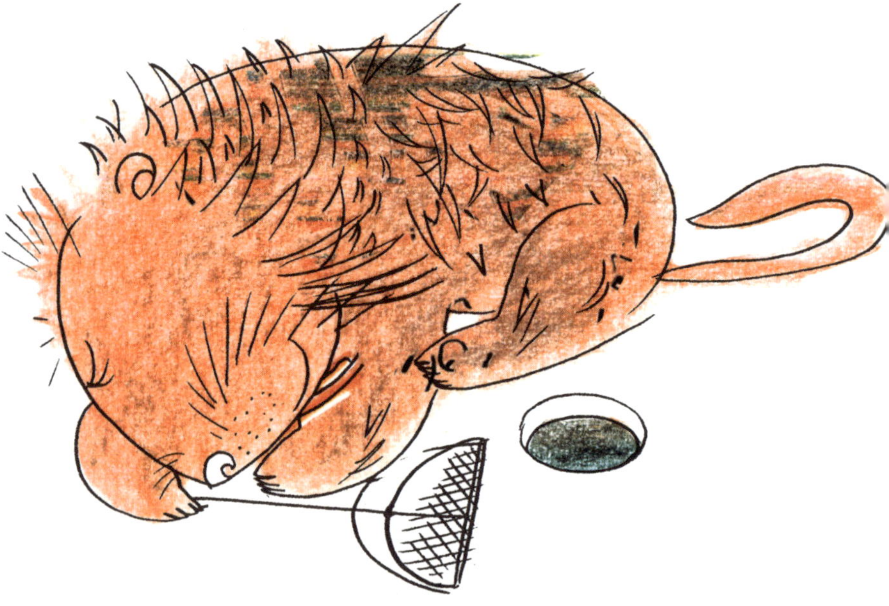

Le jour est proche. Trim, Thérèse et Tarabuso ont rendez-vous avec Ragondin pour préparer la tourte du petit déjeuner.

Ils trouvent Ragondin endormi au milieu de l'étang gelé, son épuisette serrée contre lui.

Thérèse et Tarabuso sautent avec délice dans son épaisse fourrure.

– Il a creusé un trou pendant la nuit, annonce Trim en se penchant. Hé, il y a des gens qui se baignent !
Thérèse accourt.
– Où ça ?

– Là, au fond, le petit truc rose, répond Trim. Oh ! Il y en a un autre !

– C’est des poissons ? demande Tarabuso, toujours enfoncé dans la fourrure de Ragondin.
– Ah, ah ! Regarde ce qu’il fait, le rose ! dit Thérèse.
– Il est trop drôle.
– J’ai envie de me baigner aussi, déclare Thérèse.
– La petite verte m’a vu ! Ils arrivent ! crie Trim.
Tarabuso se précipite vers le trou avec l’épuisette de Ragondin.

Thérèse et Trim le regardent, interloqués.
– Ça peut servir pour le petit déjeuner ? dit Tarabuso.

– Chut ! Regardez… murmure Trim.
La petite chose verte apparaît. Elle regarde autour d'elle en tournant la tête de tous les côtés. Elle voit Trim. Un grand sourire s'épanouit sur son visage.
– Demande-lui si l'eau est bonne, souffle Thérèse.

– Salut, dit Trim. La petite chose verte sort une patte et chatouille le museau du renardeau. Le petit truc rose apparaît à son tour.

– Qui êtes-vous ? demande Trim en riant.

Soudain, la verte s'agrippe à son museau avec ses petites pattes. Trim se lève d'un bond. Il se secoue, mais la petite chose verte est bien accrochée.

Resté seul dans le trou, le petit truc rose éclate en sanglots.

Aussitôt Tarabuso
d'un coup d'épuisette
l'enlève dans les airs.

Ravi, le petit s'arrête de pleurer. Il tend les bras vers la petite verte.
– Oui, oui, je te rends ta copine !
Trim réussit à détacher la petite verte de son museau et la dépose dans l'épuisette.
Les deux petites bêtes se serrent l'une contre l'autre.

Tarabuso fronce les sourcils.
– Qu'est-ce qu'elle a autour du cou ?

– Ah oui, j'adore ! s'écrie Trim. C'est quoi ?

– Coi, dit la petite verte. Sa voix résonne dans l'air.

Enchantée, elle répète :

– Coi, coi !

Elle se concentre,
place l'objet sur sa tête, puis :
– Coiffure !

– Ah, ah ! Alors j'adore ta coiffure, dit Trim.
Le petit rose regarde la petite verte avec admiration.
– Il ne parle pas encore, lui, dit Thérèse.
Soudain, un bâillement et des craquements : c'est Ragondin qui s'étire.

Tarabuso court lui montrer le contenu de l'épuisette.

– Oh, oh, bonne pêche ! Ces tendres petites pattes… Ce sera parfait pour la tourte !

– Mais c'est des bébés, Ragondin ! proteste Trim.

– Exact, ce sont des têtards, déclare Ragondin. Miam !

– Des têtards ? répète Thérèse.

Le trio observe les deux petites bêtes, qui semblent très attentives.

– … *tard* ? fait la petite verte.

Tê-tard, dit Tarabuso. C'est comme une petite grenouille.

– … *nouille* ?

Tarabuso glousse. Trim et Thérèse éclatent de rire.

– Enfin Ragondin, avoue qu'ils sont trop mignons ! s'écrie Thérèse.
Ragondin s'assied pesamment, pose une patte sur l'épaule de Trim et une autre derrière les ailes de Thérèse.
– Les enfants, vous croyez que c'est facile de cuisiner tous les matins pour toute la population d'un étang, au creux de l'hiver ?

– Mais on t'aide, glisse Trim.
– … Alors quand le petit déjeuner se montre, on ne lui demande pas son prénom. Ni son âge. Ni sa couleur préférée !
Thérèse et Trim baissent la tête.
– D'accord, Ragondin.

Tarabuso écarquille les yeux : derrière le dos de Ragondin, il y a un spectacle étrange. Tarabuso ouvre le bec, hésite, et le referme.

Les têtards volent.

Fermement arrimée à l'épuisette, la petite verte n'en revient pas. Ses pattes sont deux élastiques ! L'air défile à toute vitesse autour d'elle.

Elle crie de joie.

– Coiiiiiiiiiiiffure !

Le petit rose se lance :

– Taaaaaaard !

La verte l'encourage :

– Tê-tard ! Tourte ! Trim !

Extatiques, ils chantent en chœur :

– Triiiiiiiiiim !

Tout à coup, ça s'arrête.
La petite verte a beau battre des pattes, l'épuisette ne répond plus.
Un bec interminable en a pris le contrôle. Il parle :
– Tiens, tiens, qu'avons-nous là ?
Des batraciens ! Une rainette et un triton !
Les deux têtards ouvrent de grands yeux.
– Une rainette et un triton, reprend le bec, oui… mais pas finis. Il vous manque des pattes. Qui vous a donné la permission de sortir ?
Les têtards se regardent, consternés.

– Trim, Thérèse et Tarabuso, n'est-ce pas ? Ah, ces trois-là ! J'ai toujours regretté qu'ils n'hibernent pas. Qu'est-ce qu'ils ont encore inventé ?
Le bec du héron désigne le cou de la petite verte.

La petite verte replace à nouveau l'objet sur sa tête et murmure :
– Coiffure !
– Vous parlez déjà ? Un bon point pour vous. Mais je dois quand même vous ramener au trou.
Le triton fond en larmes.

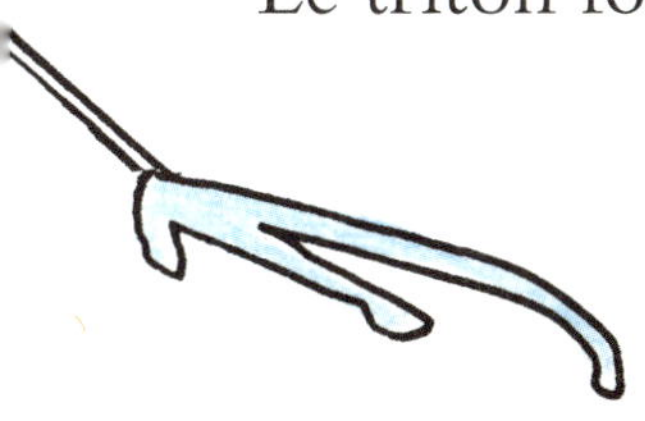

D'une voix plus douce, Héron reprend :

– Vous êtes trop petits pour la glace. C'est un univers dur, un univers… comment dire, glacé. Ici, on serre les dents. On ne mange qu'une fois par jour.

– Tourte ! clame la petite verte.

Le bec la dévisage.

– Vous êtes des petits malins. Allez, demi-tour !

Et il entortille l'épuisette pour être sûr que les batraciens restent au fond du filet.

Il se met en marche, en murmurant :
– À propos de tourte, que fabrique donc Ragondin ? J'ai déjà étalé la pâte, moi !

C'est encore mieux sans épuisette !

Ils nagent à nouveau dans les airs. Le petit rose s'accroche à la verte avec ses petites mains. Des petites mains très pratiques : elles ont défait trois nœuds de l'épuisette ! Que feraient-ils de pattes supplémentaires ? Et la petite verte ? Elle saute de plus en plus haut. Le petit rose a le vertige.

– Têt… Nouille… Rainette !

Surprise, la petite verte s'emmêle les pattes, fait un looping et atterrit brutalement sur la glace.

– Triton !

– Rainette !

Chacun tâte les pattes de l'autre. Rien de cassé. En un clin d'œil Rainette et Triton se mettent d'accord : il faut apprendre à marcher. Pour l'instant, fini la voltige ! Avant toute chose Rainette remet sa coiffure en place, la voilà prête, elle se lance. Elle glisse. Elle réessaie. Elle perd l'équilibre. Triton trouve une solution.

La glace brille terriblement.
Triton cligne des yeux. Épuisé, il trébuche contre quelque chose. Une merveilleuse matière, enveloppante et moelleuse.
Rainette et Triton s'y couchent immédiatement.

– La pâte, enfin ! s'exclame Trim, essoufflé.

Il lâche son chargement de tiges de nénuphar. Thérèse se secoue pour faire tomber les algues qui la recouvrent. Tarabuso sépare les roseaux des glaçons de vase.

– Je vais me sécher, frissonne Thérèse.

Elle s'allonge sur le rebord de la pâte.

– Qu'est-ce qu'elle était froide !

– Toi qui voulais te baigner, rigole Trim.

Tarabuso saute sur la pâte.

– Vous me passez les ingrédients ?
Trim soulève un bout de pâte.
– Il faut tirer la pâte
du dessus d'abord…
Tarabuso l'aide.
Tous deux sursautent.
– Les têtards !

Thérèse et Trim couvent les petits d'un regard attendri.

– Comment sont-ils arrivés là ?

– Il ne faut pas qu'ils restent ici, dit Thérèse.

– Mais ils dorment si bien… ils sont si chou ! dit Trim.

– On les réveillera au dernier moment, dit Tarabuso. Au travail !

Une fois que le trio a disposé :

Un lit d'algues hachées
Des tiges de nénuphar râpées
Un velouté glacé à la vase
Des roseaux marinés
Et quelques câpres

Tarabuso secoue les têtards.
Les petits refusent de bouger.
Souriant dans leur sommeil, ils se prélassent au milieu des algues.
– Ils se croient encore sous l'eau, dit Trim.

– Le soleil se lève, ça va commencer à cuire ! Qu'est-ce qu'on fait ? dit Thérèse.

– Attends ! L'œuf, on a oublié l'œuf ! dit Tarabuso.

– On y va, Thérèse. Tarabuso, reste ici, au cas où Ragondin en profite pour…

Trim réfléchit.

– Euh… non, viens plutôt avec nous. On va se dépêcher.

Tarabuso fronce un sourcil.

–Vous me prenez pour une bête féroce ? Je les défendrai, vos têtards !

Resté seul, Tarabuso contemple les têtards. C'est vrai qu'ils sont mignons.

Tout à coup, il est surpris par Ragondin.
– Ah, Tarabuso !
Où sont les autres ?
Il se penche sur la tourte.
– Vous vous êtes bien débrouillés !
Ça a l'air succulent.
Énormément de légumes, et je vois qu'il y a même un peu de protéines au milieu.

– Tu parles des têtards ?
Ils ne restent pas, dit fermement Tarabuso.

Ragondin observe Tarabuso en sifflotant. Tarabuso soutient son regard.
– Je n'ai qu'une parole, ils ne finiront pas dans cette tourte !
Mais Ragondin, rapide comme l'éclair, jette la pâte de dessus sur la farce.

Tarabuso réussit péniblement à s'en dégager. Effrayé, il s'enfuit à tire-d'aile.

Ragondin ferme bien les bords de la tourte. C'est le moment qu'il préfère.

Il rit tout seul quand Héron lui tape sur l'épaule.

– Salut Héron, tu viens m'aider à décorer ?

– Salut Ragondin, tu n'as pas vu une rainette et un triton ?

– Si je les avais vus, tu sais bien ce que j'en aurais fait ! dit Ragondin.

– Oui… répond Héron en fixant la tourte.

Il pose l'épuisette vide, s'assied en tailleur et commence à décorer.
Ragondin se gratte la tête, mal à l'aise.
– J'ai bien aperçu deux têtards, mais ils étaient minuscules, impossible de dire s'ils allaient devenir triton ou rainette…
Histoire d'alléger sa conscience, il construit une petite cheminée au milieu de la tourte.
– C'est pour verser un peu de jus en fin de cuisson, dit-il pour se justifier.
– Excellente idée ! Ah, voici l'œuf !

Trim et Thérèse marchent à tout petits pas, pour ne pas casser l'œuf. Héron l'attrape et le lance à Ragondin.

– Bonjour Teresina, bonjour Trimito ! Où est la troisième petite terreur ?

– Salut ! dit Thérèse. Il n'est pas avec vous ?

– Et les petits ? s'écrie Trim en voyant la tourte fermée.

– Ils sont partis, dit Ragondin, en cassant délicatement l'œuf. Ils ont laissé un mot.

Trim et Thérèse le déchiffrent sur le rebord de la tourte. Il est gravé dans la pâte.

– C'est bizarre, dit Trim. Ils adoraient dormir dans la pâte.
– Et ils savent déjà écrire alors qu'ils parlent à peine ? souligne Thérèse.

Héron regarde sévèrement Ragondin, qui sépare les blancs des jaunes.

– Et Tarabuso ? Qu'est-ce que tu as fait de Tarabuso ? lui demande-t-il.

Trim et Thérèse se précipitent au sommet de la tourte et crient par la cheminée :

– Tarabuso ? Les têtards ? Euh… Coiffure ?

Ragondin se lève d'un bond en criant.

– Le voilà, votre Tarabuso ! Vous êtes fous ! M'accuser de cuisiner un ami ! Que je connais depuis si longtemps !
Il s'en va en donnant de grands coups dans la glace.

Héron soupire :

– Mettez le brillant d'œuf, je reviens.

Trim, Thérèse et Tarabuso peignent en silence.

– J'en peux plus de ses farces et de ses pièges, dit Tarabuso. Un jour, ça finira mal.

– Ce matin, on s'en sort plutôt bien ! observe Thérèse.

Pour détendre l'atmosphère, elle essuie son pinceau plein de jaune d'œuf dans les plumes de Tarabuso.

– Hé ! crie Tatabuso, qui riposte en riant.

– Demain, on farcira la tourte avec Ragondin, annonce Trim. Ce sera…

Il s'interrompt. Les têtards, accoudés à la cheminée, les regardent avec curiosité.

– Qu'est-ce que vous faites ? demande la petite verte.

Trim, Thérèse et Tarabuso les dévisagent. Ils ont grandi. Maintenant, ils ont quatre pattes chacun.

– Je m'appelle Rainette, dit Rainette. Et voici Triton.

– Ravi de vous rencontrer, dit Triton. On peut vous aider ?

– Enchanté… je suis Trim, balbutie Trim.

Rainette éclate de rire.

– Mais on sait ! dit-elle.

– On vous faisait une farce, explique Triton.

Trim, Thérèse, Tarabuso, Rainette et Triton contemplent fièrement la tourte. Ragondin et Héron arrivent avec le couvert.

En voyant Rainette et Triton, Ragondin fait une drôle de tête et va chercher deux assiettes de plus.

Les gens de l'étang commencent à s'installer pour le petit déjeuner. Le soleil se lève. Sous ses rayons, la tourte se met à étinceler. Une délicieuse odeur monte de la cheminée.

– C’est prêt !
Trim se frotte les mains.
Héron coupe les parts et Ragondin les distribue.
Quand arrive le tour de Rainette et Triton, il leur sert un bon morceau de tourte, accompagné d’un clin d’œil.
– Pour vous, les vaillants petits nouveaux !

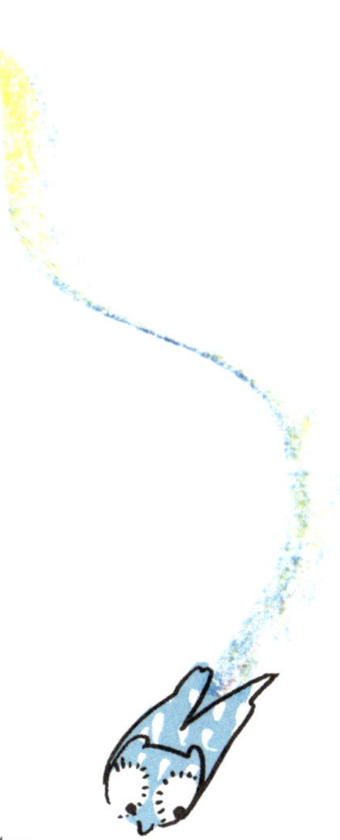

– Excusez-moi ?

Tous lèvent la tête.
Une petite chouette inconnue atterrit au milieu du cercle.
– Je cherche ma cl…
– Tut-tut-tut, avant toute chose, goûte-moi ça ! dit Héron.
Rainette et Triton se poussent pour lui faire une place.
L'inconnue prend docilement la part de tourte que lui tend Ragondin.

– On s'appelle Rainette et Triton, dit Rainette. Et voici Trim, Thérèse et Tarabuso.

– Tarabuso est un bébé poule d'eau, dit Triton.

– Moi c'est Dagmar, enchantée. Oh ! s'exclame-t-elle en découvrant la « coiffure » de Rainette qui brille au milieu des algues.

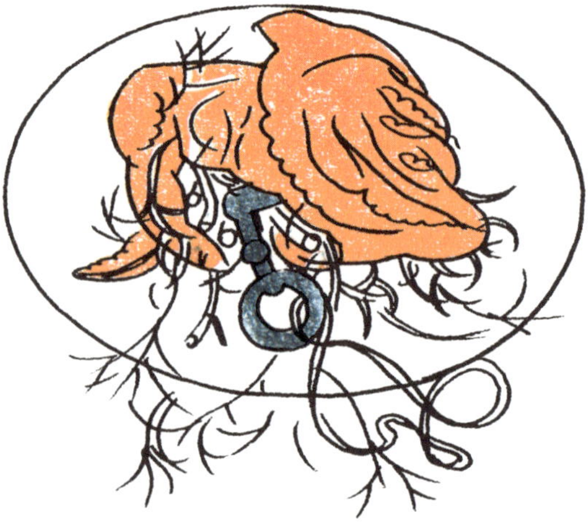

– Quand j'étais petite, j'avais la même, dit Rainette.
– C'est ma clé ! dit Dagmar. Je l'ai perdue cette nuit en rentrant chez moi, je la cherchais partout !

– Tu as vu, j'ai fait un nœud. Comme ça, tu ne la perdras plus, dit Triton.

– Bravo ! Tu as la fève ! dit Ragondin. Il apporte une couronne à la nouvelle venue.

Tout le monde applaudit.
Héron lance :
– J'en profite pour porter un toast à Rainette et Triton, qui ont désormais toutes leurs pattes. Hourra pour eux, ils sont des nôtres ! Et maintenant, mes amis, finissons cette tourte !